Richard von Krafft-Ebing

Die Lehre von der Mania transitoria: für Aerzte und Juristen dargestellt

Antigonos

Richard von Krafft-Ebing

Die Lehre von der Mania transitoria: für Aerzte und Juristen dargestellt

Unveränderter Nachdruck der Originalausgabe von 1865.

1. Auflage 2024 | ISBN: 978-3-38616-007-0

Antigonos Verlag ist ein Imprint der Outlook Verlagsgesellschaft mbH.

Verlag: Outlook Verlag GmbH, Zeilweg 44, 60439 Frankfurt, Deutschland, info@outlook-verlag.de
Vertretungsberechtigt: E. Roepke, Zeilweg 44, 60439 Frankfurt, Deutschland
Druck: Libri Plureos GmbH, Friedensallee 273, 22763 Hamburg, Deutschland

Die Lehre

von der

Mania transitoria

für

Aerzte und Juristen dargestellt

von

Dr. med. R. v. Krafft-Ebing,

Arzt an der Gr. bad. Heil- und Pflegeanstalt Illenau.

Erlangen, 1865.

Verlag von Ferdinand Enke.

Druck der Universitäts-Buchdruckerei von E. Th. Jacob in Erlangen.

I.

Literatur über Mania transitoria.

1. Aufsätze.

Henke's Abhandlungen Bd. V. p. 159—189.

Marc-Ideler: Die Geisteskrankheiten etc. Berlin 1843. Bd. 2. S. 339.

Boileau de Castelneau: de la folie instantanée, considerée au point de vue médico-judiciaire, in Annal. d'hygiène publique 1851. XLV. p. 215—30; 437—450.

Toulmouche ibidem 2. Série II. 1854. S. 348.

Friedreich: gerichtl. Psychologie 1852. S. 515.

Ideler gerichtliche Psychol. Berlin 1857. §. 59.

L. Meyer: Ueber Mania transitoria in Virchow's Archiv. Bd. VIII. 1855 Heft 2 und 3.

Crichton Browne on Mania ephemera in Winslow psychol. Journal 1863. S. 53.

2. Fälle von Mania transitoria

in Pyl's Aufsätze etc. Berlin 1791. Bd. VIII. S. 236. (Marc Ideler Bd. II. S. 371).

Wendt: Henke's Zeitschr. 3. Heft, 1827.

Amelung in Nasse's Jahrb. f. Anthropol. Bd. I. S. 267.

Schnitzer eine plötzlich entstandene und schnell gehobene Tobsucht in Hufeland's Journal Nov. 1830.

Löwenhard, ibid. Dec. 1832.

Lieblein in Hohnbaum's und Jahn's medic. Conversationsblatt. 28. April 1832. Nr. 17.

Jahn: Casper's Wochenschr. 1834. Nr. 23.

Lichtenstädt: Hitzig's Zeitschrift 1829. Bd. II. S. 50.

Ströfer in Siebenhaar's Magazin Bd. II. S. 152.

Heermann: Heidelberger Jahrb. der Literatur 1835.

4

Eydam: Froriep's Notizen 1835 April Nr. 949.
Arnheimer: med. Vereinszeitung 1837. Nr. 19.
Gaz. des Tribuneaux 1839. 24. Febr. (Marc-Ideler Bd. II. S.
  376) Fall von durch Insolation bedingtem furor transitorius.
Scharlau Casp. Wochenschr. 1840. Nr. 25. (Schmidt's Jahrb.
  42. X.)
Friese ibid. Nr. 47. (Schm. Jahrb. 42. X.)
Tischendorf: Siebenhaars Magazin Bd. I. 1842.
Schmidt: Henke's Zeitschr. Bd. 38 ff. 3.
Albert ibid. 1843. Bd. 46. 3 ff. S. 175.
Thorsten med. Verztg. i. Preussen 1844. Nr. 32.
Rolland: Journal de Toulouse Febr. u. März. 1844 (Schm. Jahrb.
  1846 I. S. 13).
Friese (Schm. Jahrb. 1846. I. S. 82.)
Jessen: Versuch einer wissensch. Begründung der Psychologie.
  Berlin 1855. S. 672.
Pelman: Psych. Zeitschr. 1864. Bd. 1. S. 86 u. f.

II.

Einleitung und Krankengeschichten.

Unter den mannichfachen Formen, in welchen maniakalische Zustände auftreten können, ist eine der für Wissenschaft und Rechtspflege interessantesten die Form des binnen Stunden ablaufenden tobsüchtigen Paroxysmus — für den Irrenarzt deswegen, weil Erscheinungen, die sonst zu ihrer Entwicklung und Rückbildung einer längern Zeit bedürfen, stürmisch in Scene treten und schnell wieder verschwinden, für den Richter deshalb, weil diese Zustände grösster Verwirrung des Vorstellens, massloser Steigerung des Bewegungsdrangs und völliger Aufhebung des Selbst- und Weltbewusstseins leicht Gewaltthaten zur Folge haben, die dann bei dem stürmischen Ablauf des ganzen Krankheitsbildes schwer richtig zu beurtheilen und als Entäusserungen krankhafter Zustände des psychischen Lebens nachzuweisen sind.

Man hat diese Zustände nach der äussern Uebereinstimmung des Krankheitsbildes mit dem Paroxysmus des Tobsüchtigen mit dem Namen Mania transitoria, acutissima, brevis, ephemera, furor transitorius etc. bezeichnet, aber indem man nur äusserliche Symptomencomplexe zusammenfasste, ohne auf die Analogie der Erscheinungen selbst einzugehen, häufig innerlich ganz Getrenntes, nur äusserlich Zusammenhängendes unter dem Namen der transitorischen Manie vereinigt und dadurch endlosen Streit über die Existenz der Krankheit überhaupt, wie auch über die Ausdehnung des Begriffs der M. transitoria herbeigeführt.

All diesem Streit kann nur ein Ende gemacht werden, wenn es gelingt, Fälle wirklich bei bisher psychisch vollkommen Gesunden vorgekommener transitorischer Manie aufzufinden und aus deren Vergleichung die Züge eines Krankheitsbildes herauszufinden, das sich als specielle nosologische Form von allen anderen ähnlichen Zuständen scharf abhebt und damit als solche kennzeichnet. Ehe wir uns dieser Aufgabe unterziehen, mag es gestattet sein, zwei Beobachtungen der bereits vorhandenen Literatur über unseren Gegenstand hinzuzufügen. Die erste ist ein reiner Fall der in Rede stehenden Form und dürfte, da sich an ihr deutlich ein für die Entstehung transitorischer Manie wichtiges ätiologisches Moment, nämlich Kopfcongestion nachweisen lässt, nicht ohne Werth sein.

An die Schilderung dieses Falles reiner transitorischer Manie reihen wir die eines zweiten, bei welchem zwar die einzelnen Anfälle ebenfalls die Criterien rasch vorübergehender Tobsucht zeigen, aber der langsamere Eintritt und das längere Fortbestehen des ursächlichen Moments, das hier noch schärfer hervortritt als im ersten Fall, den einzelnen Anfällen gewisse sensitive Störungen vorausgehen und nachfolgen lässt, während allerdings auch hier das psychische Leben in den Intervallen keine Störung derbietet. Aus der Literatur über unsren Gegenstand lassen wir nur einige aus englischen und französischen Werken übersetzte Fälle, sowie aus der deutschen solche folgen, die besondres Interesse darzubieten schienen und weniger zugänglich sind. Im Uebrigen verweisen wir auf die Eingangs unserer Arbeit aufgeführte Literatur.

A. Krankengeschichten.

I. Fall. Wiederholt, meist ohne Prodromi auftretende Anfälle von binnen Stunden vorübergehender, von deutlichen Erscheinungen lebhafter Kopfcongestion begleiteter Tobsucht bei einem vorher Gesunden. Abschluss der Anfälle durch tiefen Schlaf ohne Erinnerung an das Vorgefallene nach dem Erwachen. Genesung.

Am 6. März 1858 wurde in Illenau M. S., 22 J. alt, kath. aus E. aufgenommen.

Die Anamnese ergab über ihn folgendes:

Der Vater ist Landmann 66 J. alt, die Mutter starb vor mehreren Jahren an Wassersucht. Eine Schwester des Kranken lebt zu Hause 32 J. alt. In der Familie konnte trotz genauer Nachforschung kein Fall von vorgekommenem Irrsein oder irgend einer schweren Neurose aufgefunden werden. Der Kranke erwies sich nach dem einstimmigen Zeugniss seiner Verwandten und Gemeindebehörden früher immer gesund, zeigte gute Fähigkeiten und ein in jeder Beziehung geordnetes, nie ausschweifendes, sittliches Verhalten. Besondere Charaktereigenthümlichkeiten wurden weder in der Familie noch bei S. beobachtet. Bisher hatte er in der Oeconomie seines Vaters mit geholfen. Am 1. April 1857 war er als Conscriptionspflichtig zum Militär gezogen und dem I. Leibgrenadierregiment zu K. als Rekrut einverleibt worden.

Während seiner militärischen Dienstzeit zeigte er sich sehr brauchbar und war von grosser Vorliebe für seinen Beruf beseelt. Bei seiner Dienstfertigkeit, Berufstreue, seinem heitren, treuherzigen launigen Wesen konnte es ihm an der Zufriedenheit seiner Vorgesetzten und der Achtung seiner Kameraden nicht fehlen. Wein und Weiber frequentirte er nie, dagegen war er ein ausserordentlicher Esser und verzehrte ausser seiner Menage täglich einen ganzen Leib Commisbrod.

Der ganze Mensch hatte jederzeit das Bild voller geistiger und leiblicher Gesundheit dargeboten.

Am 27. Nov. 1857 bekam S., ohne dass irgend welche ätiologische Momente sich auffinden liessen, einen Anfall von Irresein.

Er befand sich am genannten Tage Morgens zwischen 8 und 9 Uhr im militärischen theoretischen Unterricht, dem er mit gewohntem Eifer folgte. Auf eine an ihn gestellte Frage wusste er trotz alles Nachsinnens nicht zu antworten, die Augen wurden starr und plötzlich sank er, ohne dass Convulsionen auftraten, bewusstlos um.

Nachdem er 10 Minuten in diesem Zustand sich befunden hatte, kehrte die Sprache wieder. Er fing an zu kommandiren und mit einem ergriffenen Kopfpolster zu exerciren. Ins Krankenzimmer gebracht, wurde er bald darauf ruhig, schlief ein und erwachte nach mehreren Stunden bei vollem Bewusstsein, sich des Geschehenen in keiner Weise erinnernd.

Am folgenden Tage (28. Nov.) trat gegen 4 Uhr Nachmittags bei erhöhter Röthe des Gesichts, wieder ein aufgeregter Zustand ein — er fing an zu kommandiren, konnte nur mit Gewalt im Bett festgehalten werden und machte öfters den Versuch stch auf einen in seiner Nähe liegenden Kameraden zu stürzen. Auf das Ausrufen von Commandoworten folgte später eine Nachahmung des Gesangs der Geistlichen während der Messe. Dabei war die Temperatur des Kopfs erhöht, das Gesicht geröthet, der Blick unstät, das Auge glänzend, die Pupille etwas contrahirt.

Der Anwendung kalter Formente widersetzte er sich mit der Aeusserung „er wolle nicht im Regen stehn".

Nachdem er von Mitternacht bis Morgens 5 Uhr ruhig geschlafen hatte, erwachte er mit klarem Bewusstsein aber ohne Erinnerung an das Vorgefallene.

Um 8 Uhr wiederholte sich der Anfall; der Kranke war diesmal so gewaltthätig und widersetzlich, dass ihm die Zwangsjacke angelegt werden musste. Um 9 Uhr ins Militärspital gebracht, schlief er bald darauf ruhig ein und erwachte nach mehreren Stunden ohne Erinnerung an das Vorgefallene, bei völlig klarem Bewusstsein.

Als bis zum 9. Dec. kein weiterer Anfall eingetreten und während dieser Zeit durchaus keine körperliche oder geistige Störung an ihm wahrgenommen worden war, wurde er wieder entlassen. Allein schon nach 3 Tagen, am 12. Dec. fand auf der Wache ein neuer Anfall statt.

Nachdem S. nämlich von 12—2 Uhr Posten gestanden hatte und in die Wachtstube zurückgekehrt war, stierte er längere Zeit vor sich hin und fing alsdann an zu predigen; auf Zuspruch wurde er zwar ruhiger, sprang jedoch gegen 6 Uhr plötzlich auf und rief: „Jetzt muss Einer hin sein". Als man ihn wieder beruhigt hatte, klagte er über Kopfweh, fing an den Kopf aufzuschlagen, sich in den Haaren zu raufen; er wollte wiederholt zur Thüre hinaus und als man ihn hieran hinderte, tobte er so sehr, dass 3 bis 4 Mann ihn halten mussten und er nur gebunden in einer Droschke ins Spital gebracht werden konnte. Dort angelangt wurde er bald wieder ruhig, schlief ein und wurde, da sich fernerhin nichts Abnormes zeigte, am 23. Febr. wieder entlassen um einstweilen in der Küche verwandt zu werden.

Um weiteren Anfällen vorzubeugen sollte er auf unbestimmte Zeit in Urlaub nach Hause entlassen werden, allein S., der mit Leib und Seele Soldat war, bat inständig es noch mit ihm zu probiren. Während hierüber noch Verhandlungen gepflogen wurden, zeigten sich Spuren eines neuen Anfalls.

Anfangs Februar begann der sonst so mässige sittliche S. Neigung zum Trinken zu zeigen, er wurde Nachts unruhig, sprach viel vom Dienst, führte obscöne Reden, hielt förmliche Zwiegespräche mit sich, sodass er im Verlauf des Febr. 1858 abermals ins Spital gebracht wurde.

Hier zeigte er sich sehr aufgeregt, schlug auf das Bett, drohte, commandirte, sprach Nachts viel und schlief wenig. Auch dieser Anfall ging nach einigen Stunden in einen tiefen Schlaf über und hinterliess kein Bewusstsein des Vorgefallenen.

Obwohl in der Folge durchaus keine Störung bei S. wahrzunehmen war, wurde doch aus Heilgründen im Hinblick auf die häufigen Rückfälle die Aufnahme in die Irrenanstalt nachgesucht. S. protestirte lebhaft dagegen, glaubte durch diesen Schritt seine bürgerliche Existenz bedroht, seine militärische Laufbahn abgeschnitten und drohte wohl auch mit Selbstmord.

Am 6. März 1858 erfolgte die Aufnahme.

Der Kranke ist von mittlerer Grösse, kräftigem Bau, gutem Aussehen. Der Puls ist ruhig, Pupillen mittelweit, gut reagirend, die Hauttemperatur nicht erhöht. Trotz fortgesetzter Beobachtung liess sich an S. weder psychisch noch somatiseh etwas Abnormes nachweisen, nur hatte er durchaus keine Erinnerung von seinen Anfällen.

Am 10. April wurde er wiederholt vom Arzt gesehen, zuletzt Abends 5 Uhr und durchaus nichts Auffallendes an ihm bemerkt. Er sass um diese Zeit am Tisch bei einem Glase Bier und plauderte mit einem Bekannten. Plötzlich fing er an einige Sekunden stier vor sich hin zu sehen, wobei eine Röthe sich über das Gesicht ergoss. Mit einem Mal schlug S. mit beiden Fäusten auf den Tisch, sprang auf, im Saale herum, eilte auf den Corridor, schlug an die Thüren. Er wurde mit vieler Mühe und unter grossem Widerstand in die Tobzelle gebracht; hier tobte und lärmte er unaufhörlich, drohte schreiend die Umgebung umzubringen, „Einer müsse hin sein", „wenn er nur ein Messer hätte". Er wurde immer lärmender, schlug, trat nach allen Richtungen um sich und drohte dabei, dass man sich vor ihm in Acht nehmen solle. Er hatte auch Sinnestäuschungen — sah oft plötzlich um sich, gab nach einer Richtung hin Antwort und drohte einem Amerikaner den er in der Höhe sah. Kopf und Gesicht waren sehr geröthet und von erhöhter Temperatur, der Blick wild und starr, der Puls sehr frequent. Nach einer Stunde wurde er ruhig, und fiel in einen tiefen Schlaf in dem er stark schwitzte. Nach einer weitern Stunde war er ganz bei sich, wusste nichts von dem Vorgefallenen, ass mit Appetit zu Nacht und klagte nur über leichte Ermüdung.

An S. war in der Folge ebenso wenig als zur Zeit seiner Aufnahme etwas Krankhaftes nachzuweisen.

Am 10. Mai befiel ihn eine heftige Keratitis suppurativa die mit Hinterlassung einer Hornhauttrübung heilte. S. blieb bis zum 25. Sept. in der Anstalt. Trotz sorgfältiger Beobachtung des grosses Interesse darbietenden Falles von Seiten geübter Sachverständiger konnte weder psychisch noch somatisch an ihm eine Abnormität erkannt werden. S. ging dann nach Hause, da ihn die Superarbitrirungscommission für untauglich zum ferneren Militärdienste erklärt hatte, und erfreut sich seither, wie im März 1865 angestellte amtliche Erkundigungen ergeben haben des vollkommensten körperlichen und geistigen Wohlbefindens. Er ist verheirathet seit 3 Jahren und glücklicher Familienvater.

Vorstehender Fall bedarf wohl keiner weitern Erläuterungen. Es muss noch ausdrücklich bemerkt werden, dass nie weder vor noch nachher Erscheinungen an S. beobachtet wurden, die auf ein epileptisches Leiden bei dem s. u. Anfälle transitorischer Manie nicht selten im Verlauf auftreten, schliessen liessen. Bei der Häufigkeit der sich folgenden Anfälle, dem plötzlichen Zusammenstürzen vor dem Eintritt des ersten Tobsuchtparoxysmus liesse sich an Epilepsie denken und der bewusstlose Zustand vor jenem ersten Anfall als vertigo epileptica deuten. Allein es fehlen eben alle Anzeichen eines epileptischen Leidens und wie wir später zeigen werden, hat das Delirium des epileptischen Anfalls einen ganz andern Charakter. Das Zusammenstürzen vor dem ersten Anfall erklärt sich wohl am ungezwungensten aus einer plötzlich aufgetretenen Gehirnhyperämie, die ja zuweilen apoplectiforme Zufälle herbeiführt *) und die folgenden Erscheinungen aus dem Fortbestehen jener im ermässigten Grade — darauf deuten wenigstens die während der Anfälle immer beobachtete Erhöhung der Eigenwärme des Kopfs, das geröthete

---

*) Vgl. Hasse: Krankheiten des Nervensystems. Erlangen 1855. S. 368.

Gesicht, der glänzende Blick, der frequente, volle Puls, die zusammengezogenen Pupillen etc.

Die Anfälle traten im Allgemeinen rasch, ohne Prodrome ein, erreichten schnell ihre Acme und verschwanden fast so rasch, als sie gekommen indem sie in einen tiefen Schlaf aus dem der Kranke psychisch unverändert erwachte, übergingen. Wir werden auf diese gleichsame kritische Beendigung des Anfalls durch einen tiefen Schlaf und die aufgehobene Erinnerung, für das was im Anfall stattfand, Momente die sich auch im folgenden Fall, wie auch in allen übrigen in der Literatur verzeichneten Fällen wahrer Mania transitoria finden, bei der Aufstellung des Krankheitsbildes besonderen Werth zu legen haben.

II. Fall: Wiederholte Anfälle vorübergehender, durch heftige Kopfcongestionen bedingter Tobsucht mit vorausgehenden und nachfolgenden Erscheinungen heftiger Gehirnhyperämie, sich äussernd durch apoplectiformes Zusammenstürzen, Schwindel, Kopfweh, Sinnestäuschungen, Schlaflosigkeit, Erhöhung der Eigenwärme und Röthe des Kopfs etc. bei fehlender psychischer Störung. Beendigung der Anfälle durch Schlaf und aufgehobne Erinnerung für den Anfall.

O. Münch aus M. wurde den 6. Novbr. 1864 in Illenau aufgenommen. Er war damals $21^{1}/_{2}$ J. alt, ledig, Rekrut bei einem Dragonerregiment, in das er am 16. Oct. d. J. eingetreten war.

In der Familie ist kein Fall von Seelenstörung oder Epilepsie vorgekommen. Die 5 Geschwister des M. sind sämmtlich gesund und kräftig. Die Eltern waren in guten Verhältnissen lebende Bürgersleute, hatten ihrem körperlich kräftigen und geistig gut sich entwickelnden Sohn eine ordentliche Erziehung geben, und ihn das Schlosserhandwerk erlernen lassen. Mit dem 18. Lebensjahr ging er auf die Wanderschaft, aus der er 1862 zurückkam. Er war ein gutmüthiger, munterer, zu keinerlei Excessen hin neigender Mensch; hatte, wenn auch intellectuell nicht hochbegabt, etwas Tüchtiges in der Fremde gelernt, und mit Lust und Liebe seinem neuen Beruf als Soldat sich gewidmet. Ohne dass er Excesse begangen hatte oder besonders angestrengt gewesen war, begann er am Morgen des 23. Octob. sich unbehaglich zu fühlen; er empfand heftiges Kopfweh, Schwindel, stechenden Ohrenschmerz; die Gesichtsfarbe war auffallend blass und häufig wechselnd. Am gleichen Tage Vormittags 11½ Uhr stürzte M. plötzlich bewusstlos zusammen; Athem und Puls waren regelmässig, die Augenlider geschlossen, die bulbi nach oben verdreht, Pupillen etwas erweitert, Gesicht gedunsen und leicht geröthet. Die Eigenwärme war nicht erhöht, Convulsionen traten keine ein. Ins Garnisonsspital verbracht, wurden ihm Eisüberschläge, Blutentziehungen am Kopf verordnet, worauf er bald wieder zu sich kam. Er erinnerte sich des Vorgefallenen nicht, war sehr erstaunt sich im Spital zu befinden und klagte über heftiges Kopfweh, Ohrensausen und Gliederreissen. Diese Erscheinungen dauerten einige Tage heftig fort, dabei fühlte er sich schwach auf den Beinen, lag anhaltend zu Bett, zeigte aber keine Erscheinungen psychischer Störung.

Am 27. erlitt er Nachts einen ähnlichen aber mässigen und rasch ablaufenden Anfall.

Am 2. Nov. stand Patient wie gewöhnlich um 7 Uhr auf. Als er aber um 8 Uhr sein Lager aufbetten sollte, war er sehr verstört, sah das Bett angefüllt mit Kröten und Ungeziefer, zeigte eine immer mehr sich steigende ängstliche Unruhe, fing an im Zimmer herumzueilen, auf den Ofen zu trommeln; der Blick war stier, der Gesichtsausdruck nichtssagend. Unter Tags war Patient sehr unruhig, beschäftigte sich fortwährend mit Kröten, Hexen, Juden, Pfaffen etc., von denen er sich verfolgt glaubte. — Bald betete er, bald sang er Zotenlieder. Dabei Drang zu entweichen und verzweiflungsvolles Ringen mit dem Wärter der ihn daran hindern wollte.

Die Nacht über, welche schlaflos verlief und am Morgen des folgenden Tages derselbe Zustand. Am Morgen des 4. Nov. wird der Kranke ruhig, appercipirt richtig, gibt vernünftige Antworten, hat aber keine Erinnerung an das Vorgefallene. Klagen über heftigen, tief sitzenden bohrenden Schmerz im Vorderkopf der sich aber in der Folge verliert. Der Puls ist ruhig, der Schlaf gut, desgleichen das Allgemeinbefinden; der Kranke wird am 6. Nov. der Anstalt übergeben.

Er entschloss sich ungern, und nur aus Subordination zu dieser Reise, deren Grund er nicht begreift und über welche er sehr unglücklich ist.

Der Kranke ist von schlankem aber kräftigem Körperbau und exquisit lymphatischer Constitution. An den vegetativen Organen lässt sich keine Abnormität nachweisen, Motilität und Sensibilität sind normal, die Eigenwärme ist nicht erhöht, Puls 72, Carotidenpuls nicht verstärkt, Pupillen gleich. Schädel proportionirt, geräumig.

Der Kranke gibt klar eine Schilderung seines frühern Lebens. Gemüthlich scheint er etwas gedrückt, er schiebt dies auf Rechnung des Gedankens einer Irrenanstalt übergeben zu sein, und in seiner Carrière zurückzubleiben.

Mit Ausnahme von etwas hie und da auftretendem Kopfweh auf der Höhe des Scheitels und zeitweiligem Ohrensausen fühlt er sich wohl und erfreut sich eines guten Schlafs. Nach bis zum 21. Novbr. dauernder sorgfältiger Beobachtung, die an ihm nichts Abnormes entdecken konnte, wird er in seine Garnison zurückversetzt.

Am 22. versah M. wieder seinen Dienst.

Am $^{22}/_{23}$. Nachts stellte sich Kopfschmerz, Eingenommenheit des Kopfes, Schlaflosigkeit ein. Am 23. Novbr. Morgens 6 Uhr trat früh um 6 Uhr beim Blasen der Tagreveille ein neuer Tobsuchtanfall auf.

M. sprang aus dem Bett, lief im Hemd im Hof bis zu dessen noch geschlossenen Ausgang und tobte zurückgebracht und auf sein Bett gelegt so heftig, dass ihn 6 Mann halten mussten.

Dabei heisser Kopf, Zähneknirschen, Delirien die

sich hauptsächlich um seine Verbringung nach der Irrenanstalt und um die ängstliche Abwehr eines hallucinatori-
schen Teufelsbildes drehten. Der Anfall dauerte bis zum
24. Morgens 5 Uhr, worauf M. erschöpft einschlief und
nach dem Erwachen über heftiges Kopfweh klagte, sonst
ruhig und geordnet war und von dem Vorgefallenen nichts
anzugeben wusste. Am 24. Novbr. Abends erfolgte die
Wiederaufnahme in der Anstalt.

Auch diesmal gelang es einer aufmerksamen Beobachtung nicht an M. Erscheinungen einer Seelenstörung
nachzuweisen.

Ueber seine Wiederverbringung nach der Anstalt war
er sehr unglücklich. Er gab als die Ursache seiner Wie-
dererkrankung einen Sturz auf den Kopf am Tag nach seiner Wiederankunft in der Garnison an, worauf er sogleich
wieder „das alte unnatürliche Kopfweh" bekommen habe.

Am gleichen Tage (22.) habe sich Schwindel wieder
eingestellt, so dass er oft 5 Minuten nichts mehr von sich
gewusst habe. In der Nacht vom $^{22}/_{23}$. habe er wieder
Erscheinungen gehabt, gerade wie vor dem ersten Anfall;
er habe den Teufel in Gestalt einer alten Judenfrau ne-
ben seinem Bett gesehen und Stimmen gehört als ob dieser ihn holen wolle. Vom Anfall selbst und dem was
nachher passirt, habe er erst hier etwas erfahren.

Der Schwindel dauerte hier fort; oft gab der Kranke
an, es sei ihm vor der Augen als ob er Feuer sehe; der
Kopf fühlte sich oft roth und heiss an, und war überhaupt habituell wärmer als im normalen Zustand. Die
Nächte waren meist schlaflos, Gesichts- und Gehörshal-
lucinationen, Stirnkopfschmerz und lästiges Ohrensausen
quälten ihn häufig.

Am 15. Dec. bekam er ·plötzlich einen heftigen Tobsuchtanfall mit blinder Wuth; er sprang im Zimmer umher, sah an den Wänden den Teufel, konnte nur mit
Mühe von 4 Wärtern bemeistert werden; er stiess heftige
heulende Töne aus, äusserte abgerissene Sätze „ich kanns
allein wissen — auf ewig verloren — der Teufel — die

Briefe können mich all nichts nützen — und wenn das Firmament aus den Wolken fällt — etc."

Der Kopf war sehr geröthet und heiss, die Conjunctiva injicirt, Carotidenpuls frequent und sehr voll.

Nach einigen Stunden trat Ruhe ein, und nach einem tiefen Schlaf erwachte M. ohne Erinnerung ans Vorgefallene. In den folgenden Tagen bestand etwas Kopfschmerz, Klingeln in den Ohren, Wasserrauschen, welche Erscheinungen sich im Lauf des Monats bald stärker bald geringer äusserten. Von Zeit zu Zeit traten, besonders nach geringen Anstrengungen, leichtere Congestiverscheinungen am Kopf auf, die aber rasch vorübergingen. Psychische Störungen wurden an ihm seither keine mehr beobachtet, der Kranke befand sich körperlich wohl, war ein fleissiger Arbeiter und wurde am 10. April 1865 nach Hause entlassen. Die seither eingeholten Erkundigungen ergaben keine Spuren eines Rückfalls in die Krankheit.

III. Fall von einmaliger rasch vorübergehender Mania transitoria. (Boileau de Castelneau in Annal. des Hyg. 1851. XLV. S. 223.)

„Vor 12 oder 13 Monaten wurde ich, zufällig durch die Strasse P. gehend, in das Haus eines gewissen D. gerufen. Derselbe hatte bisher nie die Erscheinungen irgend einer Störung dargeboten. Ich traf ihn als er gerade seine Möbel demolirte, seine Kleider zerriss und seine Frau misshandeln wollte. Niemand wagte sich ihm zu nähern. Die Gesichtszüge deuteten auf eine grosse Erregung, der Blick war wild und verstört, die Muskeln in lebhafter Spannung, die Venen sehr gefüllt; er schrie und sang fortwährend. Als er meiner ansichtig wurde, setzte er sich an einen Tisch und trommelte auf ihn aus Leibeskräften. Seine Freunde konnten durchaus keinen Grund für seinen Anfall auffinden. Ich machte einen reichlichen Aderlass, worauf sein Toben etwas nachliess und es gelang einige Stücke seines Hausraths vor ihm in Sicherheit zu bringen. D. kam darauf zu sich und versprach uns sich ruhig zu verhalten. Abends konnte er sich des Vorgefallenen in keiner Weise erinnern. Er ist seit dieser Zeit gesund geblieben.

IV. Fall von einmaliger Mania transitoria in Folge eines Gemüthsaffekts bei einem 50jährigen Landmann, begleitet von heftiger Kopfcongestion. Beendigung des Anfalls durch Schlaf ohne Erinnerung ans Vorgefallene nach dem Erwachen. (Crichton Browne in Forbes Winslow's psychol. Journal. Jan. 1863.)

E. F. ein Landmann von 50 Jahren, von nervöser Constitution, wurde in der Zwangsjacke und an den Beinen gefesselt, in die Irrenanstalt der Grafschaft Derby gebracht. Er stiess kurze incohärente Sätze aus, wandte sich flehendlich an die Umgebung die er gegen sich verschworen glaubte und mühte sich heftig ab um seiner Bande los zu werden. Auf Fragen die man an ihn richtete, gab er keine Antwort, sondern fuhr fort zu schreien und verstohlen sich nach allen Seiten umzuschauen. Er schien schwächlich von Körper, der Puls war 100, schwach, fadenförmig, sein Gesicht geröthet, der Kopf heiss, die Zunge weiss belegt, die Respiration beschleunigt, Pupillen etwas erweitert aber auf Licht reagireud, die Bewegungen etwas zitternd. Die Anamnese ergab Folgendes: Der Kranke hatte viel Aerger und Sorge über das pflichtvergessne und schlechte Benehmen seiner Kinder, sowie über erlittenen Nachtheil in seinem Geschäfte zu ertragen gehabt und war nach einem häuslichen Zwist, 24 Stunden vor seiner Aufnahme, plötzlich in Irresein verfallen. Sein Leiden äusserte sich durch plötzliche maniakalische Aufregung und Verwirrung. Er hatte sein Hemd ausgezogen, eine Brechstange ergriffen und war auf die Strasse hinaus gestürzt, drohend wer ihm in den Weg kam, umzubringen. Mit der grössten Mühe hatte man sich seiner bemächtigt und ihn gebunden. Er hatte die ganze Nacht nicht geschlafen und in einem fort getobt. Weder bei ihm noch in seiner Familie war je vorher ein Anfall von

Seelenstörung beobachtet worden. Gleich bei seiner Aufnahme ward ihm ein warmes Bad gegeben und ein mil-
des Laxans gereicht. Er war noch keine Stunde in der
Anstalt als er ziemlich ruhig wurde und selbst ins Bett
verlangte. Er fiel sofort in einen tiefen Schlaf und als
er Abends erwachte war jede Spur von Irresein geschwun-
den. Er hatte nur eine ganz dunkle Erinnerung von dem
was während des Anfalls mit ihm vorgegangen war. Seit-
dem ist er gesund geblieben.

V. Einmaliger plötzlicher Anfall von Mania transi-
toria nach einer Gemüthsbewegung. (Uebersetzt aus
Crichton Browne in Forbes Winslow's psychol. Journal
Jan. 1863.)

N. E. ein junger Mann von nervöser Constitution
beklagte sich seit einiger Zeit über Schwächegefühl, Herz-
klopfen bei geringen Anstrengungen, Kälte der Extremi-
täten und Appetitmangel. Eines Abends, nach einem
Aerger, der durch Widerstand der seinen Wünschen ent-
gegengesetzt wurde, veranlasst war, verfiel er plötzlich
in Seelenstörung. Seine Verwandten wurden durch einen
sonderbaren unerklärlichen Lärm der in seinem Zimmer
entstand überrascht. Als man sich dahin begab, fand man
sein Zimmergeräthe in der grössten Unordnung und ihn
selbst im Bett in der sonderbarsten Weise lachend und
schwatzend. Plötzlich erkannte er die Eingetretenen,
nannte sie beim Namen, brach in Thränen aus und versicherte sie, dass er das Opfer einer Verfolgung sei, dass
Leute unter seinem Bett sich befänden, die auf an den
Fenstern und im Zimmer befindliche Engel deuteten. —
Er jauchzte, lachte, sang, redete zu imaginären Ge-
stalten und bestand darauf aufzustehen, und auf einen
benachbarten Kirchhof zu gehen. Als man ihn daran hinderte, war er zuerst sehr aufgebracht darüber, gab aber
bald den Gedanken daran auf. Seine Hände zitterten und
der ganze Körper war wie von einem Frostschauder ergriffen. Er klagte über Kopfweh und verlangte selbst,

dass man ihm Wasser über den Kopf giesse. Dies erleichterte ihn, wie er sagte; er verlangte, man solle das Licht auslöschen, da es seinen Augen wehe thue. Nachdem er 2 Stunden in diesem Zustand sich befunden hatte, bekam er eine Dosis Opium; 3 Stunden nachher wurde er ruhig und schlief ein. Am nächsten Morgen klagte er noch über Mattigkeit und Unbehaglichkeit, aber geistig war er wieder hergestellt. Leider findet sich darüber, ob er von dem, was während des Anfalls mit ihm vorging, Erinnerung hatte, nichts angegeben.

VI. Fall von Mania transitoria. (Eydam in Froriep's Notizen 1835 April. Nr. 949.)

Eine 21 jährige, kräftige Frau, die sich Abends 10 Uhr noch ganz wohl befand, und mit ihrem Säugling zu Bett legte, stand gegen Mitternacht auf, eilte unangekleidet zur Thüre und erwiederte ihrem Mann mit greller Stimme: sie wolle mit einem Juden nichts mehr zu thun haben und zu ihren Eltern zurückkehren. Mit vieler Mühe beredete der Mann sie, sich wieder zu Bett zu legen, wobei sie unaufhörlich auf ihn schalt; der Blick war unstät, die Mienen bald wild, bald erschlafft, keine Zeichen von Congestion zugegen. Sie liebkoste den Säugling mit Heftigkeit, verbarg sich manchmal wimmernd unter die Decke, empfing ihren sich nähernden Ehemann stets mit einer Fluth von heftig ausgestossenen Schmähreden. Ausser ihm schien sie keinen der Anwesenden zu kennen. Einige Male schluchzte sie stark und weinte. Sie trank hastig, der Puls war hart, nicht beschleunigt, die Temperatur nur mässig erhöht. Ausser einem unbedeutenden, schnell vorübergegangenen Zwist mit ihrem Mann am vorigen Morgen war nichts Besondres vorgegangen. Sie erhielt 6 gran Brechweinstein, wurde darauf ruhiger, reichte ihrem Gatten die Hand, ihn immer noch misstrauisch anblickend, erbrach mehrmals und fiel um 3 Uhr in Schlaf. Um 6 Uhr erwachte sie, konnte sich auf's Vorgefallene nicht besinnen, meinte die ganze Nacht ruhig geschlafen zu haben, und verrichtete ihre Geschäfte wie sonst. In den folgenden 5 Jahren hat sie nie wieder einen ähnlichen Zufall erlitten.

VII. **Fall von Mania transitoria.** (Abgekürzt mitgetheilt aus Friese in Pr. Ver. Zeitung Nro. 40. 1845.)

Eine Töpfersfrau war plötzlich wahnsinnig geworden und nur mit Mühe vom Mord ihres jüngsten Kindes abzuhalten. Sie war von leidenschaftlichem Temperament, aber immer eine treue, liebende Pflegerin der Ihrigen in Krankheiten gewesen. Im 23. Jahr gebar sie glücklich das dritte Kind, fühlte sich so wohl, dass sie es selbst stillte, und schon am 6. Tage das Haus besorgen konnte. Das Stillen bekam der sonst schwächlichen zarten Frau gut, so dass sie stark dabei wurde. Als der Arzt zur Kranken kam, traf er sie im Kampf mit 4 Männern, die sie nur mit Mühe im Bett erhalten konnten. Sie hörte die freundlichsten Anreden nicht und jeder Versuch, sie zu beruhigen, war fruchtlos. Das Gesicht war hochroth, der Kopf heiss, der Blick wild, drohend, Carotiden und Temporalarterien in stärkster Pulsation, die Respiration schnell, Herzschlag klopfend, deutlich zu hören, Puls hart, voll, beschleunigt, die Haut trocken und heiss, der Mund mit Schaum bedeckt. Die Brüste waren voll Milch, der Unterleib weich, überall schmerzlos. Während der übernatürlichen Kraftanstrengungen liess Patientin einzelne unverständliche Worte hören. Die Ursache war ein Streit mit der Schwester, der ihre alte Leidenschaftlichkeit wieder wachgerufen und sie veranlasst hatte, die Schwester zu misshandeln. Später suchte sie vergeblich den Zorn zu bekämpfen. Eine Stunde nach dem Auftritt sprang sie plötzlich vom Sitz auf, lief wild in der Stube umher und schrie nach ihrem Kind, das sie ermorden müsse.

Der Arzt liess sie entfesseln, nachdem er vorher in die Wiege des 3monatlichen Kinds, statt dessen, eine Puppe, und in die Nähe einen Löffelstiel gelegt hatte. Sofort sprang sie auf, fasste mit wilder Gier den Löffelstiel, stürzte mit blutdürstigem Blick auf die Wiege zu und versetzte der Puppe mit wahrhaft teuflischer Lust furchtbare Stösse. Man liess sie einige Augenblicke gewähren, indem man sie dann versicherte, dass das Kind jetzt todt sein müsse. Darauf wurde sie ruhiger, liess sich zu Bett bringen; das rothe Gesicht wurde bleich, der Puls weich, weniger frequent, die Respiration ruhig. Doch wollte die Besinnung noch nicht zurückkehren; es wurde ein Brechmittel gereicht, das sehr viel Galle und Schleim entleerte. Nach 6maligem Erbrechen trat endlich ruhiger, 12stündiger Schlaf ein, der den vollständigen Gebrauch der Vernunft, ohne Rückerinnerung an's Vorgefallene, wiederbrachte.

VIII. Fall von Mania transitoria (Tischendorf in Siebenhaars Magazin 1842. S. 204).

Vor mehreren Jahren wurde ich Nachts zwischen 12 und 1 Uhr ersucht, rasch zu einem mir wohlbekannten, 26 Jahre alten, unverheiratheten Schmiedmeister zu kommen. In der Nähe seines Hauses angekommen hörte ich schon sein gellendes Geschrei und als ich ins Wohnzimmer trat, fand ich ihn von mehreren starken Männern gehalten, in sitzender Stellung, aber sprungfertig, immer geneigt und sich abmühend, seinen Bändigern sich zu entwinden, mit stierem, unverständigem Blick, mit einem aus Angst und Wuth gemischten Gesichtsausdrucke, harten gespannten Gesichtsmuskeln, aufgetriebenem, geröthetem, erhitztem Kopfe, frequentem, vollem gespanntem Pulse, sich sträubendem Haare, Schaum vor dem Mund und ununterbrochen mit fremdartiger, greller Stimme und fast tactförmiger Betonung die Worte schreiend: „sie schneiden mir den Zipfel weg, sie schneiden mir den Zipfel weg." Der Mensch war ein grosser, muskulöser kräftiger Mann, von starkem Appetit, guter Verdauung, regelmässigem Stuhl. Hämorrhoiden waren bei allen männlichen Gliedern der Familie heimisch. Im 18. Jahre hatte er vorübergehend an Epilepsie gelitten. Sonst vollkommen gesund, konnte er am Abend vor dem Anfall nicht einschlafen und hatte sich eine Zeitlang im Bett umher gewälzt. Plötzlich sprang er von diesem auf und stürzte der Thüre zu. Von der Mutter wieder zu Bett gebracht, fing er an verkehrt zu schwatzen, schaute ängstlich an Decke und Wand und fing nun an zu singen „besser und schöner als je", aus dem Singen fiel er in schreckliches Schreien und Toben und gerieth in immer heftigere Wuth und Raserei, so dass man eilends die Nachbarn zu Hülfe rufen musste.

In der vom Russ der nahen Schmiede geschwärzten Stube, von einer einzigen Lampe beleuchtet, gewährte dieser unsinnig tobende, von seinen ängstlichen Angehörigen kaum bewältigte, von seiner alten zitternden Mutter nicht zu besänftigende Mensch ein wahrhaft unheimliches Bild. Auf ein starkes Emeticum wurde er sofort ruhiger und schlief nach mehrmaligem Erbrechen sanft ein, spät am Morgen ohne Erinnerung ans Vorgefallene erwachend. Er fühlte sich matt, wüst im Kopfe, hatte noch leicht gastrische Erscheinungen und war von der Idee im Hause eines benachbarten Bäckers zu sein, noch im Lauf der nächsten 24 Stunden geplagt. Sonst aber und im Lauf der folgenden 7 Jahre bot er psychisch nie etwas Abnormes dar. Im Lauf des letzten Sommers dagegen erwachte er 2mal in kurzen Zwischenräumen Nachts bewusstlos und in gereizter Stimmung, Erscheinungen die aber rasch vorübergingen. Beide Male gingen Hämorrhoidalbeschwerden, Verdriesslichkeiten und Genuss von einem Glase Branntwein zuviel den Zufällen voraus.

III.

Krankheitsbeschreibung.

Wir waren im vorhergehenden Abschnitt bemüht, einige charakteristische Beispiele der uns beschäftigenden Krankheitsform zu geben. Es liesse sich leicht die Casuistik um ein Bedeutendes vermehren, aber wir glauben genugsam das Vorkommen mehr oder weniger rasch vorübergehender Anfälle von Tobsucht bei vor und nach dem Anfall keine Spur geistiger Alienation darbietenden Individuen bewiesen zu haben um zur nähern Betrachtung und der Aufstellung des Krankheitsbildes übergehen zu können. Eine naheliegende Frage ist die, ob die Mania transitoria blos ein äusserst rasch verlaufender Anfall gewöhnlicher Tobsucht, gleichsam eine Abortivform derselben ist, oder den Namen einer wirklichen Krankheitsform beanspruchen darf, indem sie sich wesentlich von der gewöhnlichen Manie unterscheidet.

Es scheint auf den ersten Blick in der That, als ob es sich nur um eine Abortivform gewöhnlicher Tobsucht handle, denn die einzelnen Erscheinungen beider Zustände stimmen vielfach mit einander überein und der stürmische Ablauf bei M. transit., dem die Krankheit zwar ihren Beinamen verdankt, kann nicht wohl als unterscheidendes Merkmal festgehalten werden, da die gewöhnliche Tobsucht gleichfalls zuweilen in kürzerer Zeit abläuft und Fälle transitorischer Manie auch sich über die gewöhnliche Dauer einiger Stunden hinauserstrecken können. Wir glauben gleichwohl einige wesentliche Unterschiede zwischen beiden Zuständen angeben und dieselben aus der Vergleichung der Symptome beider nachweisen zu können, die die Mania transitoria nicht als blosse Abortivform der gewöhnlichen Manie erscheinen lassen. Ein derartiger Erfolg dürfte nicht nur der Wissenschaft von Nutzen sein, sondern auch durch Aufstellung eines genauen Krankheitsbilds mit typischen Erscheinungen forensisch Werth haben, da eine bisher häufig stattgefundene Verwechslung der M. transitoria mit leidenschaftlichen Zornesausbrüchen roher Subjekte, simulirter vorübergehender Geistesstörung, epileptischer Manie, Schlaftrunkenheit, Zuständen von Ecstase, Angstzufällen und ängstlichen Sinnesdelirien in chronischer Weise psychisch erkrankter Individuen dann vermieden werden könnte.

Wir werden bei diesem Versuche das reichhaltige Material, das uns die Eingangs unserer Arbeit angeführten Krankheitsfälle darboten, zu verwerthen suchen.

Einer der wichtigsten Unterschiede transitorischer Manie von der chronischen Form ist der plötzliche Ausbruch der ersteren. Während bei der gewöhnlichen Tobsucht mehr oder weniger ausgesprochene psychische Störungen dem Anfall vorausgehen, dieser sich durch melancholische oder hypochondrische Gemüthsverstimmung, Aenderung der gewohnten Empfindungsweise, der Neigungen und Gewohnheiten, wechselnde Unruhe und Exaltation des Vorstellens ankündigt, fehlen alle psychischen Prodromalerscheinungen bei der transitorischen Manie oder sind durch somatische in genauer ätiologischer Beziehung zum Anfall stehende ersetzt.

Unter den 18 Fällen von reiner Mania transitoria, die wir bei der Aufstellung der Symptome unsrer Arbeit zu Grunde legen, haben wir 14mal diesen plötzlichen Ausbruch notirt. In den 4 übrigen Fällen sind es wesentlich die Erscheinungen stärkerer oder geringerer Kopfcongestion, welche als Prodromi sich bezeichnen lassen und zwar Kopfweh, Schwindel, apoplectiforme Zufälle, Schlaflosigkeit, Gehörs- Gesichtshallucinationen beunruhigenden Inhalts. Nicht selten beginnt der Anfall mit einem plötz-

lichen Starrwerden des Blicks, einem stieren vor sich Hin-
sehen, das wohl durch Hallucinationen bedingt sein mag.
Dem plötzlichen Ausbruch des Leidens entspricht auch
die rasche Steigerung zur Höhe. Während die Anfälle
gewöhnlicher Tobsucht immer zulegend sich zur Acme
steigern, in remittirendem oder intermittirendem Typus
sich bewegen und Incohärenz und Verworrenheit des Vorstellens sich erst im Verlauf einstellen, wird der von Mania transitoria ergriffene Kranke oft wie mit einem Zau-
berschlage der realen Welt entrückt und in einen wahren
traumartigen Zustand, dem der ganze Anfall oft überra-
schend gleicht, versetzt. Das Welt- und Selbstbewusstsein sind vernichtet und wenn auch der Kranke noch zu
percipiren und gewollte Handlungen auszuführen scheint,
so ist er sich dessen doch unbewusst, er handelt automa-
tisch im Sinne bestimmter Wahnvorstellungen und Sinnesdelirien. Mit der fast plötzlichen Aufhebung des Be-
wusstseins und der Sinnesthätigkeit zeigt auch das Vorstellen rasch bedeutende Störungen — es wird incohärent,
verworren, präciptirt bis zur Ideenflucht. Nicht mehr
zusammengehalten durch ein Ich wird es zu einem wahren Vorstellungsschwindel ähnlich den Delirien Typhöser,
überhaupt an Intoxikationskrankheiten Leidender.

Eine gemeinsame Basis haben die Delirien bei allen
an Mania transit. Leidenden — nämlich das Beherrscht-
sein, Gefühl des Ueberwältigtseins, und wenn auch mo-
mentan heitre Bilder in diesem Traumeleben auftauchen,
so überwiegt doch das Delirium des Verfolgtwerdens, der
Todesgefahr und drohenden Vernichtung.

Zahlreiche Sinnesdelirien, Hallucinationen und besonders Illusionen des Gesichts und des Gehörs sind die Folgen der Projektion dieser Vorstellungen in die betreffenden
Sinnesgebiete.

Ein grosser Theil der Gewaltthaten in solchen Anfällen ist durch sie bedingt.

Insofern als das Vorstellen und Empfinden der an
Mania trans. leidenden Kranken sich vorwiegend in de-

pressiven Affekten bewegt, lässt es sich tadeln, wenn man solche Zustände, die hiedurch mehr sich als melancholia activa charakterisiren und nur äusserlich das Bild tobsüchtiger Ausbrüche darbieten, als maniakalische auffasst. Für die Mehrzahl der als Mania transitoria beschriebenen Fälle ist allerdings der Name melancholia activa transitoria passender, allein es hiesse die Verwirrung, welche in der Lehre von der Mania transitoria herrscht, nur vermehren, wenn der, freilich nur äusserer Aehnlichkeit und ungenauer Beobachtung entsprungene Name, geändert würde. Hoffentlich kommt einmal die Zeit, wo die Psychiatrie statt sich mit Symptomencomplexen herumzuschlagen, die Störung mit dem rechten Namen, nämlich dem pathologisch-anatomischen bezeichnen kann. In einer Anzahl von Fällen transitorischer Manie scheint es sich nur um das symptomatische Delirium eines heftigen Congestionszustands zum Gehirn zu handeln.

Die Sinnesthätigkeit ist entweder ganz aufgehoben, ähnlich wie bei der Ecstase oder es sind die wenigen Sinneseindrücke, welche aufgenommen werden durch Sinnesdelirien verfälscht und lösen bei der grossen Verworrenheit nicht die entsprechenden Vorstellungen aus oder sind zu schwach um das in einem tiefen Traumzustand untergegangene Bewusstsein zu erreichen. Desshalb lässt sich auch der Ablauf des verworrenen Ideengangs nicht so durch Eindrücke aus der Aussenwelt beeinflussen und bestimmen wie bei der gewöhnlichen Tobsucht. Meist besteht ein totales Verkennen der Umgebung während der ganzen Dauer des Anfalls, und wenn gegen Ende desselben auch einzelne Sinnesperceptionen stattfinden, sind sie lückenhaft und ungenau. Entsprechend den dunklen Angstgefühlen, den Affekten des Zorns, der Furcht u. s. w. zeigt auch die ganze Mimik meist das schwer nachzuahmende Gepräge dieser Affekte. Der Blick ist meist starr, wild, die Augen funkelnd, glänzend, die Gesichtsmuskeln in fortwährendem Spiel, von der innern Angst und Bewegung Zeugniss gebend.

Auch in der Sprache verräth sich bald die Incohärenz und tiefe Verworrenheit des Seelenlebens. In seltenen Fällen ganz stumm, stösst der Kranke meist unverständliche Schreilaute aus oder er spricht in abgerissenen
Sätzen und Worten die oft ganz unverständlich und ohne
Zusammenhang sind. Da wo mehr ein maniakalischer
Bewegungsdrang den Sprachmechanismus in Bewegung
setzt, besteht oft ein tolles, sinnloses Schwatzen, Singen,
Pfeifen, Schreien während der grössten Dauer des Anfalls.

Anderemale sind es wieder ängstliche Phantasmen,
mit denen der Kranke spricht, ängstliche Ausrufe und
Antworten. Neigung zu Assonanzen und Alliteration macht
sich nicht bemerklich.

Die Analyse des Bewegens und Handelns der Kranken ist schwierig.

Die Unruhe ist meist gross; bald besteht ein trieb-
artiger Bewegungsdrang, der sich in polternder, demoli-
render Weise geltend macht, bald sind die Bewegungen
der motorische Reflex der dunklen Gefühlsbelästigungen,
der Affekte der Angst und des Zorns und steigern sich
dann zu wahren Wuthausbrüchen. Viele der Handlungen
sind scheinbar gewollte, durch Wahnvorstellungen und
Sinnesdelirien hervorgerufen und dann meist in ängstlicher Abwehr vermeintlicher Verfolger bestehend, allein sie
sind rein automatische, unbewusste. Wir werden die
Handlungen der Kranken noch speciell im gerichtlich-psy-
chologischen Theil unsrer Arbeit zu betrachten haben, da
sie für die Criminalrechtspflege ein hohes Interesse darbieten. Im Allgemeinen sind die Kranken äusserst gewaltthätig, oft wahrhaft tobend, dabei aus begreiflichen
Gründen äusserst rücksichtslos gegen sich und Andre und
demgemäss ausserordentlicher Kraftleistungen fähig.

Ein allgemein wissenschaftliches Interesse gewinnt
die Mania transitoria durch die begleitenden somatischen
Erscheinungen, besonders von Seiten der Circulation. Auch
darin unterscheidet sie sich erheblich von den Fällen chronischer Manie, bei welcher die Erscheinungen gestörter

Circulation nur Nebensymptome sind und häufig gänzlich fehlen *).

Mit seltnen Ausnahmen finden sich bei unsren Fällen dagegen die schon als Prodromalerscheinungen angegebenen und auch nach Beendigung des Anfalls zuweilen sich äussernden Zeichen ausgesprochener Fluxion zum Gehirn.

Meist sind Kopf unh Gesicht geröthet, die Eigenwärme erhöht, der Puls an Carotiden und Radialis voll, hart und frequent, die Augen glänzend, die Conjunctiva injicirt, die Respiration beschleunigt. Weniger ausgesprochen sind die Erscheinungen in den übrigen Systemen. Zuweilen fand sich Zähneknirschen, gastrische Erscheinungen. Salivation — bei chronischer Manie so häufig, — ist nirgends angegeben. Zuweilen bestand Stuhlverstopfung, die möglicherweise bei dem Zustandekommen der Gehirnhyperämie einen Antheil hatte.

Was die Dauer der Anfälle von M. tr. betrifft, so besteht darin einige Verschiedenheit. — Der kürzeste Anfall, den wir kennen, dauerte 2 Stunden; im Durchschnitt lässt sich die Dauer auf 2—6 Stunden angeben. Friese a. a. O. spricht zwar von einem Anfall, der 72 Stunden dauerte, allein es fragt sich sehr, ob er es nicht mit einem Anfall epileptischer Manie zu thun hatte.

Die Abnahme des Paroxysmus kündigt sich meist durch ein Aufhören des masslosen Bewegungsdrangs, der blinden Wuth, das allmälige Hereindringen von Perceptionen aus der Sinnenwelt, das Erschlaffen der ängstlich bewegten Gesichtszüge, den Nachlass der Congestiverscheinungen an; bemerkenswerth ist übrigens, dass oft, wenn der Kranke äusserlich schon ruhig geworden ist und besonnene Antwort zu geben scheint, die eigenthümliche Bewusstseinsstörung oft noch einige Zeit fortdauert und die Erinnerung für alles was während dieser Periode

---

*) Vgl. Jacobi: Die Hauptformen der Seelenstörungen: die Tobsucht.

stattfand, gleichfalls aufgehoben ist. Im Allgemeinen hört der Anfall fast ebenso rasch auf, als er gekommen ist, und zwar endigt er ausnahmslos in einem ruhigen tiefen, oft mehrere Stunden währenden Schlaf, dem wir eine hohe diagnostische Bedeutung im Symptomencomplex der Mania transitoria zuerkennen möchten. Eine solche gleichsam kritische Beendigung kommt ihr allein zu und unterscheidet sie wesentlich von der chronischen Manie. Es wäre zu gesucht, wenn man ihn mit den bei jener nicht selten vorkommenden consecutiven Erschlaffungs- und Schwächezuständen parallelisiren wollte.

Aus dem Schlafe erwacht der Kranke in der Regel psychisch vollkommen frei; nur zuweilen ziehen sich die Erscheinungen ursächlicher Kopfcongestion noch etwas in die Länge und bedingen Kopfweh, Schwindel, Sinnestäuschungen u. s. w., wovon unsre zweite Krankheitsgeschichte ein instruktives Beispiel gibt. In seltenen Fällen besteht einige Stunden nach dem Anfall das Gefühl einer leichten körperlichen Schwäche und Ermüdung. Die Erinnerung an Alles, was vom Eintritt des Anfalls an bis zum Erwachen nach dem Schlaf vorging, fehlt bei reiner Mania transitoria vollständig, — ein weiterer Beweis für die specifische Störung des Seelenlebens, gegenüber der Mania chronica. Die Neigung zu Recidiven ist bei Mania transitoria gering. Unter 18 Fällen wiederholten sich nur bei 3 die Paroxysmen und zwar, bei einem 6mal, bei einem 3mal und bei einem 1mal. Aber auch bei diesen Kranken kam es zur dauernden Genesung. Die Mania transitoria unterscheidet sich auch hiedurch von verwandten Zuständen, besonders der epileptischen Manie, die äusserst häufig wiederkehrt. Die Prognose quoad valetudinem ist demnach eine günstige und, wie es scheint, auch quoad vitam, wenigstens ist der Tod in keinem der Fälle, trotz zuweilen heftiger Congestiverscheinungen, eingetreten. Ueber die Therapie brauchen wir wenig zu sagen. Es wird sich meist darum handeln, den Erscheinungen der congestiven Gehirnhyperämie zu begegnen, für deren Behandlung die Lehrbücher der speciellen Pathologie und Therapie genaue Vorschriften enthalten. In einer Anzahl von Fällen schien der Paroxysmus nach einem reichlichen Brechmittel bald in den kritischen Schlaf überzugehen, aber der Paroxysmus hatte meist schon einige Zeit gedauert, und wäre vielleicht auch ohne medikamentösen Eingriff in der gleichen Zeit abgelaufen.

Eine wichtige Massregel ist die, den Kranken so schnell als möglich, für sich und Andre unschädlich zu machen — eine Reihe von Selbstmorden und Gewaltthaten sind schon in Anfällen transitorischer Manie begangen worden. Den Kranken in eine Irrenanstalt zu versetzen, halten wir für unstatthaft. Bei den Unannehmlichkeiten, die leider heutzutage noch der Aufenthalt in einer Irrenanstalt, bei gebildeten und ungebildeten Laien, nach sich zieht, sollte der Arzt, wenn er zu einem plötzlich unter Congestiverscheinungen erkrankten Maniacus gerufen wird, an die Möglichkeit eines Anfalls transitorischer Manie denken und mit der Versetzung des Erkrankten in eine Anstalt zögern.

IV.

Aetiologie.

Wir haben im vorigen Abschnitt versucht, die Symptomatologie der uns beschäftigenden Krankheit anzugeben und an ihr zu zeigen, dass wir es mit einer von den übrigen Formen maniakalischer Zustände wesentlich verschiedenen Erkrankung zu thun haben. Nicht minder abweichend sind die ätiologischen Verhältnisse. Was zunächst die prädisponirenden ursächlichen Momente betrifft, so zeigt sich eine auffallende Thatsache darin, dass alle bisher in der Literatur verzeichneten Krankheitsfälle keiner hereditären Disposition unterworfen waren, während doch in den übrigen Formen des Irreseins die hereditäre Disposition in $^1/_4 - ^1/_3$ der Fälle sich nachweisen lässt. Dafür macht sich aber eine andre Disposition geltend, nämlich die Geneigtheit zu fluxionären Hyperämieen des Gehirns, welche umgekehrt in den andern Formen psychischer Störung eine viel geringere Rolle spielt, als man ihr lange Zeit zuzuerkennen geneigt war. Worin diese Disposition besteht, ist ebensowenig bekannt, als die somatische Anomalie überhaupt, welche gewissen Krankheitsprädispositionen zu Grunde liegen müssen. Die Disposition zu fluxionären Hyperämieen kann in einer angeborenen abnormen Zartheit und Dünnwandigkeit der Gefässe des Gehirns, oder in erworbnen Ernährungsstörungen der Gefässwände (Atrophie der elastischen contractilen Elemente, fettige und atheromatöse Degeneration derselben, oder in Innervationsstörungen der vasomotorischen Nerven (neuroparalytische Hyperämieen) ihr Substrat haben, — Thatsache ist, dass die Fälle von Mania transitoria bei Menschen vorzugsweise beobachtet werden, die

an habituellen Congestionen zum Kopf, häufigem Nasen-
bluten leiden, von schlaffem, pastösem oder plethorischem
Habitus sind (plethora vera und serosa) das sogenannte
nervöse, sanguinische Temperament der Alten darbieten,
oder durch anstrengende Arbeit, Sorgen, Ausschweifun-
gen, Wochenbetten u. s. w. eine Schwächung ihrer Constitution erfahren haben.

Die Mania transitoria befällt meist junge Individuen.
Unter den 18 Fällen, die wir unserer Arbeit zu Grund
legten, sind 12 im Alter von 20—30 J., 3 im Alter von
30—40, 1 zwischen 40 u. 50, 2 zwischen 50 und 60 Jahre
alt gewesen. Krankheiten des Herzens oder der Lungen,
welche eine Störung der Haemodynamik herbeiführen können, finden sich bei unsren Fällen nirgends verzeichnet.

Eine vorwiegende Prädisposition bietet das männliche
Geschlecht dar. Unter den 18 Fällen waren 15 Männer
und nur 3 Weiber.

Eine besondre und in gerichtlich-medicinischer Beziehung wichtige Disposition zur Entstehung der transitorischen Tobsucht findet sich während der Entbindung
(besonders in der dritten und vierten Geburtsperiode).
Wenn wir diese Zufälle, wozu uns ihr plötzliches Auftreten, meist von heftigen Congestionen zum Kopf begleitet, die angstvollen Delirien und Sinnestäuschungen, welche
den motorischen Apparat in die höchste Erregung versetzen und Gewaltthaten gegen Mutter und Kind herbeiführen, die vollkommen aufgehobne Erinnerung für Alles,
was in die Zeit des Anfalls fällt, berechtigt, zur Categorie
des furor transitorius rechnen, nähert sich der Procent-
satz der Erkrankungsfälle bei Frauen dem der Männer.
Die prädisponirenden und occasionellen Ursachen lassen
sich bei dieser Mania parturientium schwer von einander
trennen; auch hier handelt es sich grösstentheils um heftige Congestionen zum Kopf, die ihre Erklärung in der
während der Entbindung bestehenden allgemeinen Gefäss-
aufregung, der durch den Geburtsakt gehemmten Inspi-
ration und der hochgradigen Spannung des ganzen Mus-

kelsystems finden. In seltenen Fällen handelt es sich um dynamische Momente, um heftige z. B. durch mechanische Hindernisse bedingte überaus heftige Wehenschmerzen bei sehr nervösen Personen, welche reflektorisch das Gehirn in einen abnormen Erregungszustand versetzen und möglicherweise neuroparalytische Hyperämieen auf reflectorischem Wege (Reflexparalysen) erzeugen. (Brown-Séquard.)

Auch die Zeit unmittelbar nach der Geburt, während welcher schon ein physiologischer Zustand von Plethora und Congestion durch die rasch eintretende Verkleinerung des Uterus entsteht, disponirt zu Anfällen von furor transitorius, die nicht selten auch noch im spätern Verlauf des Wochenbetts, besonders bei durchs Stillen in ihrer Ernährung herabgekommenen Individuen eintreten. Die 3 Frauen unter unsren Krankheitsfällen hatten sämmtlich Wochenbetten vor kürzerer Zeit überstanden und säugten ihre Kinder noch. Wenn die Disposition zur Erkrankung an Mania transitoria auch in einer Neigung zu fluxionären Hyperämieen des Gehirns hauptsächlich gesucht werden muss, und Gehirnhyperämie auch in der Mehrzahl der Fälle sich nachweisen lässt, so darf doch nicht daraus eine allgemeine Wahrheit gefolgert werden. In manchen Fällen, freilich der grossen Minderzahl, findet sich weder ein prädisponirendes, noch ein occasionelles Moment, das den Anfall erklärte und es lässt sich schwer begreifen, warum bei vielen Menschen, trotz des Fortbestehens prädisponirender Ursachen und des häufigen Einwirkens von Gelegenheitsursachen, nur einmal im Leben die Krankheit auftritt. Gleichwohl glauben wir, dass es wenig Psychosen gibt, bei denen die Aetiologie sich so deutlich verfolgen lässt, als bei der Mania transitoria. Wenn auch die Gelegenheitsursachen bei Mania transitoria im Allgemeinen die bekannten der Fluxionen zum Gehirn sind, und „unterdrückte Hämorrhoiden und Menstruation, andauernde Stuhlverstopfung, Excesse in Baccho u. s. w., hier eine Berechtigung ·haben mögen, sind es doch mit seltner

34

Uebereinstimmung plötzlich eintretende Affekte und deren neuroparalysirender Einfluss, welche dem Anfall vorausgehen und ihn hervorzurufen scheinen. Plötzliche Ueberraschungen, heftige Gemüthsbewegungen, Zorn, Aerger, Schrecken sind meistens kurz dem Anfall vorausgegangen und lassen sich in der Mehrzahl der Fälle nachweisen. Wir kennen die auffallende Wirkung solcher Gemüthsaffekte auf's vasomotorische Gebiet zur Genüge aus dem täglichen Leben, wenn auch die Art ihrer Wirkung, ob direkt oder auf reflektorischem Wege, trotz der Bemühungen von Bernard, Virchow, Pflüger, John Simon u. A. noch vorerst unentschieden bleibt. Ein Fall von Mania transitoria durch Insolation findet sich in der Gazette des Tribuneaux 1839, 24. Febr. (Marc-Ideler Bd. II. S. 376). Einen Fall von Mania transitoria als Vorläufer einer Pneumonie berichtet Schnitzer in Hufelands Journal Nov. 1830, S. 131. Ob Mania transitoria auch auf rein dynamischem Wege, durch Uebertragung eines Erregungszustandes in einem peripheren Nervengebiet — analog den Fällen gewöhnlicher Tobsucht aus peripherer Nervenverletzung (Jördens in Hufelands Journal Bd. IV. p. 224, wo kleine Glassplitter, die einem Knaben in die Fusssohle gedrungen waren, einen Tobsuchtanfall hervorriefen, der mit deren Entfernung aufhörte) entstehen können, lässt sich mit den wenigen Fällen, die darüber bekannt geworden sind, nicht entscheiden. Der eine Fall von Rolland (Journal de Toulouse, Fevr. et Mars 1844), wo eine Mania furibunda mit dem Abgang von Spulwürmern sofort cessirte, lässt auch eine andre Deutung zu; mehr spricht für diese Möglichkeit der von Brown Séquard*) berichtete merkwürdige Fall eines Knaben, der sich einen Dorn in den Fuss getreten hatte, und so oft er mit diesem den Boden berührte, bald einen Anfall von Mania transitoria, bald von Epilepsie bekam, welche Zufälle nach Entfernung des Fremdkörpers dauernd aufhörten.

*) Course of lectures on the phys. and pathol. of the central nervous System. Philad. 1860 p. 185.

V.

Diagnose.

Ueber wenige Zustände psychischer Störung hat man
so verschiedne Ansichten gehegt, und selten in seinem
Wesen so ganz Verschiednes aus der unseligen Sucht des
Generalisirens vereinigt, als bei der Lehre von der Mania
transitoria. Während Einige sich ganz oberflächlich an
die äusserlichen Erscheinungen haltend, jede Art psychischer Störung, welche die Criterien delirienartiger Verwirrung des Seelenlebens und grosser motorischer Erregung, bei raschem Eintritt und Vorübergehen dieser Erscheinungen darbot, in den Begriff der Mania transitoria
zusammenpackten, und damit den Begriff zu einer für die
Rechtspflege gefährlichen und die wissenschaftliche Auf-
fassung verwirrenden Ausdehnung brachten (Marc, Friedreich etc.), leugneten Andre, aus Unkenntniss pathogno-
monischer Erscheinungen und aus Furcht vor den Consequenzen für die Rechtspflege, ihr Vorkommen als besondre Krankheit gänzlich. Wenn wir auch Ideler vollkommen beistimmen, dass mit dem Begriff der Mania
transitoria ein leichtfertiges Spiel getrieben worden ist und
leicht leidenschaftliche Ausbrüche roher, verbrecherischer
Naturen als Anfälle transitorischer Tobsucht gedeutet
wurden, so hiesse es doch das Kind mit dem Bade aus-
schütten, wenn man die Existenz der Krankheit überhaupt leugnen, oder die vorgekommenen Fälle sämmtlich
als Gemüthsaffekte, Zustände von Schlaftrunkenheit,
maniakalische Ausbrüche Epileptischer u. s. w. deuten
wollte. Für eine grosse Anzahl der als M. trans. ver-

öffentlichten Krankengeschichten gilt der Ausspruch Ideler's, aber immerhin bleiben Fälle genug, die sich unter keine der von ihm aufgestellten Categorien bringen lassen. Noch weniger dürfte es gerechtfertigt sein, derartige Fälle wie L. Meyer in seiner schätzbaren Arbeit in Virchow's Archiv s. o. andeutet, als Epilepsie ohne die gewöhnlichen motorischen Erscheinungen dieser Krankheit, ähnlich der Scarlatina sine exanthemate zu bezeichnen. Eine Epilepsie, die sich nur durch transitorisch-maniakalische Erscheinungen äussert, ist keine Epilepsie und ein derartiger Fall unsres Wissens nach nicht beobachtet worden. Ueberdiess lässt sich die mania epileptica, so nahe sie auch symptomatologisch der mania transitoria stricte sit dicta steht, von dieser in der Regel leicht unterscheiden und zeigt s. u. pathognomonische Erscheinungen, und was den vermeintlichen Schaden, den die Psychologie in ihrer Anwendung der Rechtspflege zufügen könne, betrifft, so lässt sich nur erwidern, dass die Wissenschaft sich nicht um die Consequenzen der von ihr gefundenen Wahrheit zu bekümmern hat. Sie hat es nur mit der Ergründung der Wahrheit zu thun und hat in dieser Beziehung dasselbe Ziel wie die Rechtspflege. Wo sie jene findet, wird sie der Rechtspflege nur einen Dienst erweisen.

Die Gefahr aber, dass Zornesausbrüche roher, leidenschaftlicher Naturen dem Arm der Justiz entgehen, indem sie die forensische Psychiatrie in den Sack der Mania trans. steckt, wird verschwinden, wenn es gelingt, Züge eines bestimmten Krankeitsbildes für die Lehre von der Mania transitoria aufzustellen. Wir brauchen zu diesem Zwecke nur die bei der Symptomatologie angegebenen Krankheitserscheinungen zusammen zu fassen und mit den Zuständen, welche mit der Mania trans. verwechselt werden könnten, zu vergleichen. Wir haben bei der Schilderung der Symptome die Mania trans. als einen Krankheitszustand kennen gelernt, der plötzlich bei vorher und nachher psychisch nichts Abnormes darbietenden, meist keiner hereditären Disposition zu Seelenstörung unterworfnen Individuen auftritt, und in der Regel mit deutlichen Congestiverscheinungen einhergeht. Sehr häufig sind heftige und plötzliche Gemüthsbewegungen kurz vorausgegangen; der Kranke, obwohl er selbstbewusst zu denken und handeln scheint, befindet sich in einem tiefen, des Selbst- und Weltbewusstseins beraubten Traumzustand; dazu kommt eine rasch eintretende Verworrenheit und Incohärenz des Vorstellens, ein Vorherrschen ängstlicher Wahnideen und Sinnestäuschungen, mit dadurch bedingter grosser Gefahr für den Kranken selbst und die Umgebung, vollkommen aufgehobene, oder durch Illusionen verfälschte Sinnesperception. Der Anfall befällt vorzugsweise Männer, dauert einige Stunden, endigt mit einem tiefen Schlaf, und hinterlässt durchaus keine Erinnerung an das, was vorgefallen ist. Obwohl alle diese Erscheinungen der Mania transitoria nicht ausschliesslich zukommen, dürften sie doch in ihrer Gesammtheit genügen, um eine Unterscheidung derselben von den bisher mit ihr fälschlich zusammengeworfnen ähnlichen Formen psychischer Störung zu begründen. Den Unterschied von der gewöhnlichen Tobsucht haben wir schon nachzuweisen versucht. Es bleiben noch übrig die Mania epileptica, die Ecstase, das nächtliche Aufschrecken aus dem Schlafe (Schlaftrunkenheit), die Angstzufälle und Wuthausbrüche Melancholischer oder anderweitig psychisch Gestörter.

1. Die Mania epileptica*).

Unstreitig die häufigste Verwechslung findet statt zwischen der Mania transitoria im strengen Sinn des Worts, und jenen maniakalischen Ausbrüchen Epileptischer die den Anfällen derselben vorausgehen oder nachfolgen, oder (seltener) an deren Stelle treten können.

---

*) Vgl. Falret: de l'état mental des épileptiques. Paris 1861 S. 20. Cavalier: de la fureur épileptique. Thèse de Montpellier 1850. Guillermin: de la manie épileptique thèse de Paris 1857. Delasiauve: traité de l'épilepsie. Paris 1854.

Besonders im letzten Fall ist eine Verwechslung leicht, wenn die Existenz der Epilepsie dem Beurtheiler unbekannt ist, verschwiegen wird, oder es sich um Epilepsia nocturna handelt.

Was nun das Auftreten maniakalischer Anfälle bei Epileptischen überhaupt betrifft, so ist es meist die Form der Krankheit, welche mit heftigen klonischen Krämpfen einhergeht, bei welcher sie beobachtet werden, und zwar tritt die mania epileptica nach dem Zeugniss von Falret, auf dessen ausgezeichnete Schrift (de l'état mental des épileptiques, Paris 1861) wir hier verweisen, meist dann auf, wenn die Epilepsie schon einige Jahre gedauert hat und nach längerem Cessiren der Anfälle dieselben sich in kurzer Zeit häufig wieder eingestellt haben. Die Zufälle von mania epileptica bieten allerdings die grösste Aehnlichkeit mit dem Krankheitsbild der Mania transitoria dar, — auch hier findet sich plötzliches Auftreten, grosse Verworrenheit, Incohärenz, schreckliche Angstgefühle, Wahnvorstellungen und Sinnesdelirien, grosse motorische Erregung, Rücksichtslosigkeit und Gewaltthätigkeit, tiefe Störung des Selbst- und Weltbewusstseins, plötzliches Aufhören des Anfalls, gleich dem Erwachen aus einem schweren Traum, und aufgehobne Erinnerung für alles was im Anfall geschehen ist — gleichwohl lässt sich eine Unterscheidung — schon ganz abgesehen von dem möglichen Nachweis der Epilepsie, in den meisten Fällen zwischen beiden Formen aufstellen: Die Verworrenheit ist bei epileptischer Manie nicht so gross als bei Mania trans. Das Delirium ist ausnahmslos ein ängtliches, die Grundstimmung während des ganzen Anfalls eine entsprechende; der Kranke erinnert sich zuweilen einzelner Ereignisse aus der Zeit des Anfalls, wenn auch in verworrner, traumartiger Weise; die Congestiverscheinungen fehlen meistens. Der Anfall endigt nicht mit Schlaf; er dauert länger, in der Regel einige Tage; während bei Mania transitoria meist nur ein Anfall je beobachtet wird, wiederholen sich die Paroxysmen häufig und in kürzeren Zeiträumen.

Meist gleicht ein Anfall, selbst bis in die Einzelheiten des Deliriums dem andern. Auch nach dem Paroxysmus sind Spuren geistiger Störung vorhanden, wenn auch nur als grosse gemüthliche Reizbarkeit, vorübergehende geistige Erschöpfung und Gedächtnissschwäche.

2. Ecstase.

Auch die Ecstase, wenn Delirien zu ihr hinzutreten, kann mit Mania transitoria verwechselt werden. Wir verstehen unter Ecstase mit Jessen (Versuch einer wissenschaftl. Begründung der Psychol. Berlin 1855. S. 633—70) durch abnorme Erregung des Nervensystems herbeigeführte Traumzustände, in welchen bei scheinbar wachem Zustand doch das Selbstbewusstsein ganz fehlt, die Perceptionsfähigkeit für die Eindrücke der realen Welt erloschen, oder auf das, was mit den Traumideen in Verbindung steht, eingeschränkt ist, Sinnestäuschungen und daran sich knüpfende Delirien, die wieder zusammenhängend oder verworren geäussert werden können, das Bewusstsein erfüllen.

Die Ecstase hat offenbar demnach grosse Aehnlichkeit in manchen ihrer Krankheitsfälle mit der Mania transitoria, doch ist, wie Jessen richtig bemerkt, die Art der Erregung des Gemüths eine andre — bei der Ecstase ein Zustand schwärmerischer Ueberspanntheit, ein Aufgehen in moralischen und religiösen Gefühlen bis zur Verzückung, bei der Mania transitoria als Grundzug eine Erregung des Selbstgefühls in Form depressiver Affekte, des Zorns, der Angst. Rechnen wir dazu, dass die Ecstase fast nur weibliche Individuen betrifft, meist mit Convulsionen und hysterischen Erscheinungen einhergeht, die motorische Sphäre psychisch in andrer Weise in Bewegung versetzt, ihre Anfälle sich häufig wiederholen, sich im Inhalt ihres Deliriums bis ins Detail gleichen, oft von Convulsionen oder kataleptischen Zufällen eingeleitet oder gefolgt sind, so dürfte in den meisten Fällen die Schwierigkeit der Unterscheidung von Mania transitoria nicht gross sein.

3. Schlaftrunkenheit.

Auch manche Fälle von Schlaftrunkenheit, wenn ängstliche Traumbilder nach dem Erwachen noch einige Zeit fortbestehen, können zu Verwechslungen mit Mania trans. Anlass geben. Den Beweis liefert der bekannte Fall des Staatsrath Lemke, der von Ideler als Schlaftrunkenheit, von Heim, Horn, Jessen u. A. als Mania transitoria, von Baillarger und Falret als Mania epileptica aufgefasst wird.

Die durch ängstliche Träume hervorgerufene Verwirrung und falsche Perception dauert zuweilen nach dem Erwachen noch einige Zeit fort, und kann den ihr Unterworfenen mit dem Strafgesetz in Collision bringen (vgl. einen Fall von Meyer in Henke's Zeitschr. XXXIII. S. 363). Die Entscheidung, ob es sich um Mania trans. oder Schlaftrunkenheit handelt, ist nicht immer leicht und es gibt Fälle von Schlaftrunkenheit, die sich mehr dem Krankheitsbild der M. trans. nähern (vgl. Hesse über das nächtl. Aufschrecken der Kinder im Schlafe. Altenburg 1847). Im Allgemeinen ist die Schlaftrunkenheit ein sehr schnell, oft binnen Minuten vorübergehender, selten eine halbe Stunde überdauernder Zustand. Die Erinnerung daran ist nicht aufgehoben, der Kranke erinnert sich wenigstens der Traumbilder und Wahnvorstellungen, die sein Handeln bestimmten; er fällt nicht in Schlaf, sondern geht plötzlich zu einem klaren Bewusstsein der Wirklichkeit über.

4) Angstzufälle bei Melancholischen.

Eine häufige Verwechslung findet statt zwischen jenen nicht selten bei Melancholischen, die ihre Störung noch gut zu verbergen wissen, plötzlich auftretenden heftigen Angstzufällen, die man auch raptus melancholicus genannt hat und der Mania transitoria. Je weniger die Krankheitserscheinungen noch hervortreten, und je rascher die Gefühlsbelästigung in irgend einer Gewaltthat ihre Entäusserung gefunden und der Kranke wieder äusserlich beruhigt ist, um so näher liegt die Gefahr, dass die Grundstörung übersehen und der Anfall als eine rasch vorübergehende Störung des Seelenlebens beurtheilt wird. Eine Reihe der als Mania transitoria, amentia occulta, incandescentia furibunda, monomanie homicide transitoire, folie instantanée beschriebnen Fälle sind nichts weiter, als solche auf plötzlich eintretenden, oder sich steigernden körperlichen Missgefühlen, Neuralgien (besonders Cardialgie, Intercostalneuralgie) und schreckliche Hallucinationen zurückzuführende Angstzufälle Melancholischer, deren oft nur in leisen Aeusserungen geänderter Selbstempfindung, Verstimmung, Reizbarkeit u. s. w. sich darbietende Störung gänzlich übersehen wurde. Solche schon in ihrer Genese, noch mehr aber ihrer genauen Symptomatologie von einander verschiedne Zustände dürfen aber nicht mit Mania transitoria verwechselt, oder wie es von älteren Autoren geschehen ist, als Mania brevis, transitoria, acutissima in andrer Weise psychisch Gestörter aufgefasst werden.

Ausser den vor und nach dem Anfall deutlich vorhandenen Zeichen gestörten Seelenlebens unterscheiden sich diese Anfälle von raptus melancholicus bei Melancholischen von der Mania transitoria durch folgendes:

1) der Ausbruch ist kein so plötzlicher, es geht eine immer mehr sich steigernde Unruhe und Aengstlichkeit voraus;

2) das Delirium ist kein so verworrenes, das Bewegen kein so triebartiges, spontanes, zweckloses wie bei der transitorischen Tobsucht, sondern mehr durch bestimmte Wahnvorstellungen, Sinnesdelirien etc. beherrschtes;

3) die Stimmung ist keinem Wechsel zugänglich, springt nie in eine appensive um, das Einzige was zum Bewusstsein gelangt, ist ein tiefes Wehesein, ein schmerzlicher Affekt, dessen sich der Kranke um jeden Preis entäussern muss; dem entsprechend verhält sich die Mimik.

4) Das Selbstbewusstsein ist meist da und erlischt nur vorübergehend und auf der Höhe des Anfalls. Der Kranke erinnert sich an Alles oder das Meiste, was vorgegangen ist, und benimmt sich demgemäss ganz anders als Der-

jenige, der aus einem Anfall von Mania transitoria zu sich kommt. Wir werden auf diesen Unterschied noch bei der Betrachtung der transitorischen Tobsucht vom gerichtsärztlichen Standpunkt aus, zurückkommen.

5) Der Anfall endet ebenfalls meist plötzlich, d. h. sobald eben die Entäusserung der Gefühlsbelästigung in irgend einer Gewaltthat gelungen ist, aber es fehlt der kritische, die Scene beschliessende Schlaf.

VI.

Die Bedeutung der Mania transitoria in gerichts-ärztlicher Hinsicht.

Es bedarf wohl keiner nähern Motivirung, welche wichtige Bedeutung die Lehre der Mania transitoria bezüglich ihrer Existenz und ihres Wesens in der gerichtlichen Medizin einnehmen muss. In der That, wenn wir uns erinnern, welch' heftige Angstzufälle, Wahnvorstellungen und Sinnesdelirien in ihrem Gefolge auftreten können, wie stürmisch der Bewegungsdrang sich äussern kann, wie der Kranke zwar noch im Besitz des motorischen Apparates alles Selbst- und Weltbewusstseins, aller Willkür beraubt, diesen in Bewegung setzt, wird die Möglichkeit der Verletzung strafrechtlicher Bedingungen sich klar ergeben und die Casuistik entspricht dieser theoretischen Voraussetzung, indem sie von einer Reihe der schrecklichsten Gewaltthaten während solcher Anfälle — am Individuum selbst, am Leben und der Habe Anderer begangen berichtet.

Die M. tr. wird um so wichtiger für die Rechtspflege, weil hier offenbar ein total unfreier Zustand vorliegt — denn es fehlt ja das Selbstbewusstsein, das Bewusstsein der That, ihrer Folgen, ihrer Strafbarkeit, und an die Stelle der Willkür des Handelns ist ein automatisches durch Wahnvorstellungen, Sinnesdelirien, Angstgefühle und spontanen Drang ausgelöstes Bewegen getreten. —

Aber dieser Zustand geht rasch vorüber, vergebens suchen wir nach Vorläufern, die uns in andern Formen des Irrseins die Forschung erleichtern, vergebens suchen wir nach Spuren die der Anfall hinterlassen hat. Wie soll der Gerichtsarzt den Thatbestand der Unfreiheit nachweisen und den Unglücklichen retten, wie soll sich der Richter vor der Gefahr einer Simulation oder der Verwechslung der Mania trans. mit dem Zornesausbruch eines leidenschaftlichen Menschen schützen?

Es kann der Rechtspflege nicht verdacht werden, wenn sie mit einem gewissen Misstrauen auf Krankheitsformen sieht, die wie die exandescentia furibunda, die amentia occulta, die Mania transitoria, die Mordmonomanien u. s. w. ebenso oft von den Aerzten aufgestellt als verworfen worden, mit einander verwechselt, als Lückenbüsser für mangelnde Kenntniss und Erfahrung angenommen worden sind und bedenkliche Consequenzen für die Rechtsprechung mit sich führten, aber sie darf auch nicht zu weit gehen und Thatsachen leugnen, weil sie ihr Gefahr bringen und das Verbrechen möglicherweise unter dem Schleier psychischer Störung bergen können. Diese Gefahr braucht die Rechtspflege von Seiten der Man. trans. nicht zu fürchten, denn es handelt sich nicht um einen vagen Symptomencomplex, sondern ein genaues Krankheitsbild mit charakteristischen Symptomen. Für ihre Existenz und hohe Wichtigkeit gegenüber der Strafrechtspflege brauchen wir erst nicht mehr zu plaidiren, auch ist dies bereits von Seite ausgezeichneter Autoritäten (Marc, Friedreich, Henke, Spielmann, Roller u. A.) zu Genüge geschehen; es kann sich nur darum handeln aus dem Krankheitsbild und der Erfahrung Thatsachen abzuleiten, nach denen vorkommendenfalls die Beurtheilung sicher stattfinden kann.

Es sind nun offenbar 2 Fälle möglich:

Der Anfall von Mania transit. fand vor Zeugen statt, deren Aussagen zur Beurtheilung des Zustands sich verwerthen lassen. Der Nachweis hat dann keine Schwierigkeiten und an Simulation lässt sich in keiner Weise denken. Es ist geradezu unmöglich, dass Jemand, abgesehen von der Unkenntniss der Symptome der M. trans. im Stande wäre, einen Anfall zu simuliren; das Krankheitsbild ist zu bestimmt, seine einzelnen Erscheinungen zu prägnant um verkannt oder vorgeschützt zu werden und mit dem positiven Nachweis der Störung wird der der Unfreiheit des Zustands keine Schwierigkeiten haben.

Oder der fragliche Anfall fand nicht vor Zeugen statt. Hier beginnt die Schwierigkeit der Begutachtung. Es bleibt nichts übrig als das Benehmen des Thäters nach seiner That und die näheren Umstände dieser selbst zu Anhaltspunkten der Untersuchung zu machen. Prüfen wir wie sich diese verhalten wird:

1) Was die That und die Art ihrer Ausführung selbst betrifft, so ergiebt ein Blick auf den Zustand des Kranken im Augenblick ihrer Begehung zur Genüge wie sie beschaffen sein muss:

Das Handeln des Kranken ist kein selbstbewusstes, kein gewolltes, wenn es auch diesen Anschein haben sollte, sondern die Aeusserung reinen Bewegungsdrangs, der motorische Reflex von Angstgefühlen oder die Folge von traumartigen Delirien und Sinnestäuschungen:

a) sein Handeln muss demgemäss ein geräuschvolles, gewaltsames sein und da depressive Affekte überwiegen, ein gegen sich selbst und die Aussenwelt feindliches; diesem theoretischen Schluss entspricht die Erfahrung und ein Blick auf die Casuistik unsrer Fälle zeigt, dass es meistens Mord oder Selbstmord ist, der den Kranken mit dem Strafgesetz in Berührung bringt;

b) sein Handeln kann ferner nicht den Charakter einer prämeditirten Handlung an sich tragen, es kann keine Planmässigkeit verrathen, es ist ein rein zufälliges, nicht gewolltes, das Object an dem gehandelt wird, ist ein zufälliges, und wenn es in seltnen Fällen als ein gewähltes erscheint, hat dies seinen Grund in Sinnesdelirien,

c) es fehlen demgemäss die Motive des Handelns, die Causa facinoris,

d) die That steht mit dem ganzen bisherigen Empfinden, Vorstellen und Wollen in direktem Widerspruch,

e) sie trägt das Gepräge der Rücksichtslosigkeit — eben weil sie keine bewusste ist — sie wird verübt ohne Rücksicht auf Zeit, Ort, Hinlänglichkeit der Mittel, auf etwaige Zeugen und wird dadurch glücklicherweise sehr häufig verhütet,

f) die Art der Ausführung ist eine grässliche — es bleibt gerade so wie bei der Mania epileptica nicht bei der einfachen Vernichtung, sondern der Bewegungsdrang, die Angstgefühle, Sinnesdelirien verrathen sich durch die fortschreitende Verstümmelung und Zerstörung des Objects, (vgl. die Mutter in der 7. Beobachtung, welche mit einem Löffelstiel unbarmherzig auf ihr vermeintliches Kind hackte.) Die Opfer derartiger Kranker sind desshalb immer schrecklich verstümmelt, tragen eine Menge von Verletzungen an sich.

2) Auch das Verhalten nach der That gibt wesentliche Anhaltspunkte an die Hand für die Beurtheilung derselben: Die Erinnerung an Alles was vorgefallen ist, ist aufgehoben, der Kranke weiss nach dem Anfall nichts von seiner That.

Er ist demgemäss unbefangen, zeigt keine Unruhe, keine Furcht, flieht nicht den Schauplatz derselben, wird vielleicht noch schlafend in der Nähe seines Opfers gefunden, trifft keine Anstalten zur Verwischung der Spuren die auf seine Entdeckung leiten könnten; er leugnet die ihm imputirte That, kann nicht begreifen, wie ·er sie begangen haben soll. Diesen Umstand, den die Mania transitoria nur mit der epileptischen Form, der Ectase, gewissen Zuständen von Rausch und Schlaftrunkenheit gemein hat, möchten wir für einen besonders charakteristischen halten. Es unterscheidet sie wesentlich von den in Angstzufällen Melancholischer begangnen Gewaltthaten. Der Kranke weiss hier warum, und dass er seine That begangen hat, er fühlt sich von seiner Gefühlsbelästigung erleichtert, er stellt sich den Gerichten als Thäter oder schreitet im Gefühl seines namenlosen Unglücks sofort zum Selbstmord. Ein weiteres Hülfsmittel, um der

Gefahr eines etwa vorgeschützten Anfalls von Mania transitoria zu begegnen, ist die genaue Berücksichtigung, wie sich die Erinnerung verhält: Der Mania tr. wirklich unterworfen Gewesene hat sein Gedächtniss erst von dem Augenblick an wo der Anfall eintrat und dann völlig verloren; der Simulant wird ausser unglücklichen Versuchen seine Anfälle abermals vor Zeugen in Scene zu setzen, ebenfalls alles Bewusstsein des Vorgefallenen in Abrede stellen, aber er geht darin zu weit; Er wird nicht wissen wo er seine Erinnerung aufhören und wieder anfangen lassen soll, er wird Erlebnisse läugnen die noch in einen längern oder kürzern Zeitraum vor seinem fraglichen Anfall stattfanden, er wird unwesentliche Thatsachen aus diesem zugestehen, während er von anderen ihn gravirenden nichts zu wissen vorgibt und dadurch sich verrathen; er wird in der Beantwortung der ihm darüber vorgelegten Fragen sich zögernd, unsicher zeigen; es stellt sich heraus, dass er vielleicht schon vorher Vorkehrungen traf, um seine That auszuführen oder hinterher den Versuch machte die Spuren derselben zu tilgen oder auf einen Andren zu leiten. Vergebens wird er die Ruhe und Unwissenheit heucheln die der besitzt, welcher seine That wirklich in unbewusstem, der Erinnerung an sie völlig beraubtem Zustand begangen hat; seine ängstliche Unruhe, seine Miene, sein Blick werden ihn auch hier verrathen.

Schliesslich möchten wir auf eine möglichst sorgfältige Beobachtung des der Mania transitoria Verdächtigen und die Berücksichtigung gewisser ätiologischer Momente, wie der so häufig vorausgegangenen Gemüthsaffekte, ferner der zuweilen noch einige Zeit nach abgelaufenem Anfall fortdauernden Erscheinungen von Gehirnhyperämie (Kopfschmerz, Schwindel, Sinnestäuschungen) dringen sowie an die Möglichkeit erinnern, dass derartige Zufälle zuweilen, wenn auch erst nach längerer Zeit wiederkehren können.

Wir glauben genug angeführt zu haben, um die Aufmerksamkeit auf eine noch so wenig erforschte und für Irrenheilkunde und Rechtspflege doch so wichtige Krankheitsform zu lenken und einem forensischen Missbrauch vorzubeugen. Möge der schwache Versuch, als welchen wir unsre Arbeit bezeichnen, die Fachgenossen zu weiteren Untersuchungen anregen und damit der Zweck derselben erfüllt werden.

Inhalt.

Seite

1. Literatur 3
2. Einleitung und Krankengeschichten 5
3. Krankheitsbeschreibung 23
4. Aetiologie 31
5. Diagnose und differentielle Diagnose 35
   a) Zwischen der Mania epileptica 37
   b) Ectase 39
   c) Schlaftrunkenheit 40
   d) Angstzufällen Melancholischer (raptus melancholicus) 40
6. Die Bedeutung der Lehre von der Mania transitoria für
   die forensische Praxis 43